AF599971

NADIE SE DA CUENTA

Vika Meco

Aliarediciones

Corrección: Inés González Calo
Diseño de cubierta: Pablo Arellano
Maquetación: Aliar Ediciones

Depósito Legal: GR 1218-2025
ISBN: 979-13-87823-75-7

Impreso en España

Edita
ALIAR Ediciones
www.aliarediciones.es
info@aliarediciones.es

NADIE SE DA CUENTA

Vika Meco

PRÓLOGO

Nada más iniciar la lectura, se percibe la sensibilidad con que nos va a transportar a un paraje del que ninguna persona tuviera que transitar por él. Y cuanto menos, ningún niño ni niña de este planeta en el que viven ogros.

Estos ogros, desgraciadamente, no aparecen en las pesadillas, sino dentro del hogar.

No te quedes en el primer párrafo, bebe algo de la valentía de Mar.

Descubre de la mano de la autora, cómo muchas veces, quedan escondidos en el baúl de la mente atrocidades que no somos capaces de asimilar. La inocencia y la dulzura en la niñez no pueden entender que se puedan dar esos comportamientos en el hogar. Esos entornos que debieran ser libres de todo lo que pueda perjudicar, perturbar o restar paz y calma a los niños y niñas que embriagan las estancias con sus risas, sus juegos, sus aprendizajes y esas carcajadas.

Cuando ocurren estas situaciones las carcajadas apenas se vuelven a oír y sentir. Se ahogan, aunque NADIE SE DE CUENTA.

Te aseguro que te va a servir para deleitarte con el vocabulario fresco, dulce, sencillo y altamente sensible que no tiene que estar reñido con el rigor y profesionalidad con el que desearás avanzar página por página.

Me ha gustado tanto ver cómo son las relaciones familiares y cómo algunos hacen «teatro» para mantener su estatus, posición o lugar en tantos pasajes. Y esto nos lleva a ver el Amor en su más alta expresión (en el de preferir que nos hagan daño a nosotros mismos antes que a las personas que amamos y a las que nos creemos que tenemos que proteger). Sentir el dolor para que otros no lo sientan.

Como profesional, también me ha servido mucho. Están plasmados pasajes de la vida misma. Se describen valores sin ponerle nombres. Se relata la LEALTAD, que es esa acción que hace tanto daño cuando en la infancia o preadolescencia se la regalamos a personas que no la merecen. Y creemos necesaria dársela por ser de nuestra estirpe. Y cómo se describe, de forma magistral y sin saberlo, trastornos.

He sentido AMOR y DOLOR a partes iguales:

-Nada es lo que parece, como muchas veces, desgraciadamente, en la realidad.

-Ni los buenos son tan buenos, ni los malos son tan malos, como en la vida real.

-Los que nos debieran proteger a veces no nos protegen, sintiéndolo en el alma, es real y es lo que yo veo en mi profesión.

-En los que teníamos que confiar, a veces, no confiamos para no hacerles daño.

-A veces, el Amor hace que se tapen cosas que nunca debieron suceder.

-En ocasiones es más fácil negar que aceptar la realidad.

Adelántate y prepárate para querer leer esta obra sin poder parar. Para saber más y más, ya que su lectura es amena, e invita (solo si lo deseas) a reflexionar. Recuerda, solo si lo deseas.

Viajarás por la edad de la inocencia de la mano de Mar, entenderás sus huidas hacia adelante, sus elecciones impuestas por otros. Sus gustos, sus miedos, su búsqueda incansable de la verdad, las trabas que encuentra y cómo su premisa fundamental debiera ser la de todos.

Que nadie, nunca, tenga que pasar por lo que ella pasó.

Así siento yo a Mar: Me recuerda que antes de la formación de una perla, solo hay una ostra. El proceso de «convertirse en perla» comienza con la introducción de un cuerpo extraño, como un grano de arena o un parásito, en el interior del molusco. La ostra, para protegerse de esta irritación, segrega una sustancia llamada nácar, que recubre gradualmente el objeto extraño, formando capas y, con el tiempo, la perla.

No te negarás a decirme que no quieres saber cómo se convirtió en perla esa niña de cabellos dorados, a la que he podido sentir en su bicicleta y mimetizarme con ella. Cada uno de nosotros deseará a lo largo de los capítulos, eliminarle algo de sufrimiento.

Acompáñale en ese viaje, querido lector o lectora, y entenderás que todas las emociones habitan en nuestro interior, que todas buscan su lugar y que aquellas que nos ahogaron, de alguna manera necesitan salir, vomitarlas o, como hace Mar, tejer un collar con los retazos, recordándonos que la perla es perla por soportar el sufrimiento para convertirse en ella.

Busca tu lugar favorito para leer, seguro será el más cómodo, ya que estoy convencida que la lectura te invitará a no querer dejarla y descubrir los senderos de la vida, ya que estos, muy a mi pesar, y espero que al tuyo también, también son los senderos que algunas personas transitan.

Recuerda, a veces los ogros que yo nombraba al principio del prólogo no están debajo de la cama, sino muy cerca de ella, encarnados en los seres que más nos debieran de amar y proteger, pero están enfermos y son oscuros por dentro.

No quisiera terminar sin apelar a una pregunta: ¿qué hacemos con aquello que enterramos con siete llaves en la memoria porque no podemos entenderlo y un día algo nos lo despierta?

Todo mi apoyo a Vika Meco por su valentía. Y a su entorno he de recordarles que, a veces, al quitarnos la venda, seguimos ciegos durante mucho tiempo. No lo digo yo, se lo plagié a mi adorado Platón.

Teresa Marín

NOTA DE LA AUTORA

La historia aquí relatada está formada por trozos de historias reales enlazadas como un único relato. Los nombres que aparecen son ficticios y los lugares que se narran son lugares reales de diferentes puntos de nuestra geografía. Para que todo tuviera sentido, he ido reuniendo trozos de mi vida con partes de las cosas que me han ido contando a lo largo de los años.

La recopilación de toda la información me ha llevado más de cinco años y espero haber tratado las situaciones con la delicadeza y la entereza que se merecen.

Este proyecto es un tema muy complejo de abordar ya que los abusos sexuales en niños y adolescentes, en la mayoría de las ocasiones, no salen a la luz, así que he intentado proteger al máximo la identidad de las personas que me lo han contado ya que no quieren que esta sea revelada, pero sí han querido que sus historias vieran la luz y así intentar ayudar a quienes estén pasando por esa misma situación.

Hay algunas partes que pueden herir la sensibilidad del lector, por lo que te recomiendo que, si te hace sentir incómodo, dejes la lectura o intentes ver qué es eso que te duele al leerlo.

Si estás pasando por algo similar, pide ayuda.

ÍNDICE

PRIMERA PARTE

«Puede que mi granero se haya quemado,

pero ahora puedo ver la luna.»

Mizuta Masahide.

LUNA Y MAR

Luna era una niña de cabellos azabache, tenía la piel del color de la canela, un precioso pelo largo, negro, brillante, liso como una cascada; sus ojos eran de un marrón tan oscuro que algunos los confundían con negro; su piel era suave como la seda y tenía una boca perfectamente dibujada dentro de ese rostro tan hermoso.

Su casa era un lugar especial, su padre olía a óleo, a tinta, y casi siempre estaba ocupado pintando, escribiendo, o tocando una vieja pianola de color marrón desgastada por el paso del tiempo; los botones cobrizos, unas veces hacia afuera y otras hacia adentro, le daban el aspecto de una cara con los ojos desfigurados, hasta que comenzaba a tocar sus teclas y la música lo invadía todo. Ese era un lugar al que no se podía entrar para jugar o molestar, pero, cuando él no estaba trabajando allí, era uno de los mejores rincones de la casa de Luna. Se podía esconder debajo del gran escritorio de madera maciza, sacaba los maletines repletos de botes de óleos, unos, y de hojas escritas otros, y podía formar un fuerte atrincherado con esos magníficos maletines.

La habitación de los hermanos de Luna estaba decorada con una lámpara que te hacía soñar con marcharte a cualquier lugar, era un globo aerostático, con sus saquitos de arena para hacer contrapeso y el cañón del aire caliente. Luna se solía imaginar volando hasta el fin del mundo para descubrir todos los lugares maravillosos que hay en él.

Su madre tenía la voz dulce de las madres, preparaba una comida deliciosa y era la persona más cariñosa que os podáis imaginar, siempre preocupada de que todos tuvieran lo que necesitaban, ya fuera para calmar sus estómagos, o sus cabecitas soñadoras.

Al salir a la puerta de su casa, Luna se encontraba con la casa de Mar, justo en frente de la suya, lo que llevó a las dos a compartir una gran amistad desde bien temprana edad.

Mar poseía unos cabellos dorados que hacían que la gente se parara a mirarla. Al principio, cuando era más pequeña, eran blancos, pero con el paso de los años se tornaron amarillos como el oro, sus ojos del color de la miel de azahar siempre buscaban cosas que descubrir, era muy observadora y no le gustaba que se fijaran en ella, aunque muchas veces eso era imposible.

Su casa era una de esas casas grandes, muy grandes, donde los pasillos creaban formas imposibles y de las que se podía salir y entrar sin ser visto si eras sigiloso.

Los dormitorios eran cada uno de un color, no las paredes, sino las cubiertas de las camas, la moqueta, o los armarios: había una habitación azul, otra naranja, otra amarilla, otra blanca y otra verde. Disponía de tres salones, cada uno para un uso diferente, el de los sillones rojos era para visitas, escuchar música, o jugar al ajedrez; el de la mesa camilla era para sus abuelos; y el de la gran mesa, allí era donde se comía a diario. Los cuartos de baño estaban repartidos a lo largo de los pasillos, eran cuatro, y también estaban decorados cada uno con colores diferentes; tenía una gran cocina que se utilizaba para preparar los manjares que se llevaban a la boca, y otra un poco más pequeña que era utilizada como pequeño trastero o cuarto para arreglar cosas con herramientas, mesas, etcétera. Allí era donde vivía Mar.

El dormitorio de Mar tenía una ventana muy grande por la que entraba un gran chorro de luz, a los pies de las camas estaban los armarios y, en medio de estos, había un pequeño escritorio para hacer los deberes del colegio. Cada tarde, al regresar de la escuela, Mar se sentaba para hacer sus tareas, cosa que no le llevaba más de media hora. Cuando terminaba se preparaba un bocadillo y se marchaba a jugar con los amigos del barrio. Los días que no había nadie jugando volvía a subir a casa y se quedaba en el salón con su madre viendo la tele, o entreteniéndose con sus juguetes en el cuarto de los juegos.

LA EDAD DE LA INOCENCIA

A Luna le gustaba estar en casa de Mar y a Mar le gustaba más ir a la de Luna, por lo que estaban en ambas casas por igual.

Cuando estaban juntas llamaban mucho la atención, una tan morena y la otra tan rubia.

Nacieron prácticamente al mismo tiempo y sus madres siempre las dejaban juntas para que ellas pudieran pasárselo bien.

Jugaban, se divertían, y crecían unidas, pasaron de gatear a montar en bicicleta en un abrir y cerrar de ojos. Salían a menudo a pedalear para que el aire les rozara la piel y así sentirse libres como pájaros.

La bicicleta de Mar era una Orbea que había heredado de sus hermanos, estaba arañada por las mil caídas que había tenido, hacía tantos ruidos al pedalear que parecía que ibas en un cohete espacial, pero para ella era toda una joya, ya que era suya, y solo suya, porque a sus hermanos esa bicicleta se les había quedado pequeña. Tenía un tornillo que de vez en cuando emitía un graznido quejándose de lo vieja que era y diciendo así que ya no tenía ganas de montar a nadie más sobre su sillín, pero Mar la usaba casi todos los días, bien para ir a por el pan, o para pasear.

Una vez, al comenzar ese sonido estridente, Mar se cayó de la bicicleta. Al volver a levantarse y montarse de nuevo, como por arte de magia, el tornillo dejó de chillar, así que llegó a la conclusión de que la próxima vez que sonara, se bajaría de la bicicleta y, simplemente, la dejaría caer al suelo para ver si su teoría era cierta.

La bici de Luna era azul, tenía un sillín alargado, como la bici de Eliot, el que llevaba a E.T. en su cesta, era nueva y reluciente, y más rápida que la de Mar. Luna apenas le daba dos vueltas a los pedales y su bicicleta cogía la velocidad de un rayo, pero eso a ellas no les importaba.

Su lugar favorito estaba rodeado de pendientes para poder bajar a toda velocidad, saltaban y pedaleaban como locas. Era un sitio donde el tiempo se detenía y eran fuertes, allí nada malo les podía pasar, se tenían la una a la otra.

Un día salieron las amigas a pasear en sus bicicletas, bajando la cuesta que daba a la plaza, el tornillo comenzó a graznar —chrrrrrriiiiiiiiiiiiiiiiii—, Mar llamó a Luna.

—¡Luna! ¡Vamos a parar! —le dijo Mar.

Y pararon en medio de la gran plaza. Mar se bajó de su bici y la dejó caer dulcemente, o sea, que la soltó sin poner el caballete y la bicicleta empezó a inclinarse hacia el lado derecho, justo donde no tenía el timbre, se ladeó tanto que terminó tocando el suelo con un golpe seco. Mar estaba ansiosa por comprobar si su teoría era cierta y se dispuso a volver a levantarla para proseguir su marcha. Agarró el manillar, lo atrajo hacia sí e iba a montarse cuando se dio cuenta de que no estaba el sillín. Luna no podía parar de reírse y no era capaz de articular palabra, así que Mar miró hacia atrás y lo vio; el sillín, la rueda trasera y los pedales permanecían en el suelo, el cuadro se había partido en dos: ¡no se lo podía creer! Su bici, su tesoro, había quedado reducida a dos mitades inservibles. Entonces agarró el manillar con una mano y el resto, con la ayuda de Luna, lo pudieron llevar a su casa.

La bicicleta nunca se arregló. Esa fue la última vez que salieron juntas con ella.

Los días se sucedían de manera normal: el colegio, los amigos, los deberes... En el balcón de la casa de Luna tenían un rincón para jugar, rodeadas de juguetes, bicicletas y pelotas, nunca fueron muy amantes de las muñecas y no les hacía mucha gracia jugar a las mamás, pero les gustaba dibujar, inventar historias y reírse, sobre todo reírse.

Muchos domingos por la mañana los pasaban en casa de Luna, no podían hacer mucho ruido ya que todos se despertaban tarde, salvo Luna y su madre, así que los pasaban coloreando. Como su padre era pintor siempre había todo lo necesario para poder hacerlo, sacaban una gran bandeja llena de lápices de colores, de todos los tonos y matices, y comenzaban con sus dibujos. Luna había sacado la destreza de su padre con el lápiz y se le daba realmente bien, Mar era menos habilidosa, pero no por eso dejaba de hacerlo, ya que le gustaba que su amiga le guiara y le diera consejos para poder mejorar. De este modo pasaban muchas mañanas de domingo entre los lápices de colores y el sonido de la tele con los dibujos de Walt Disney de fondo. En aquella época, en la tele solo se podían ver dos cosas, o bien la cadena de los mayores, que era un auténtico rollo, o la cadena de los pequeños, donde ponían dibujos y programas infantiles para aprender a contar o estudiar la tabla de multiplicar. Esa era mucho más divertida, por lo que siempre terminaban poniendo los dibujos.

Juntas descubrieron los veranos de campamento. Cada año la familia de Mar la mandaba durante dos semanas a un campamento en la playa, para que se relacionara con más gente, comiera mejor y disfrutara de esas cosas que solo pasan en los campamentos. Un año dejaron que Luna fuera con Mar, ya tenían trece años y era la primera vez que se marchaban de viaje las dos juntas.

El viaje en autobús se hizo muy largo, y aunque pasaron el camino cantando canciones y haciendo juegos entre todos, parecía que nunca se iba a llegar a la playa.

Cuando llegaron al campamento los distribuyeron por edades, separaron a las niñas en un lado y a los niños en otro. Las tiendas eran grandes, en cada una cabían seis personas, eran de color marrón clarito, a través de la tela se filtraba la luz del sol y no hacía falta agacharse para entrar porque eran bastante altas. Tenían colocado en el suelo unos somieres de madera, sobre ellos unas colchonetas de gomaespuma, cada una tenía un sitio para dejar las mochilas y las cosas.

Había una especie de calle central, a derecha e izquierda estaban las tiendas, encontrabas dos cruces en medio de la calle donde seguía dispuesta la hilera de tiendas. Por el primer cruce, a la derecha, se llegaba a un edificio donde estaban los aseos, allí se encontraban las duchas con los vestuarios de las chicas a un lado y los de los chicos al otro. Por el segundo cruce, a la izquierda, estaba situado otro gran edificio que hacía de comedor, sala de reuniones o sala de juegos. Las mesas para comer estaban en el exterior, eran de madera, las típicas de los merenderos, ese era uno de los sitios donde más tiempo pasaban.

Cada mañana los despertaban a las ocho en punto y todos salían a los baños a asearse para el desayuno. Cada día coincidían con los chicos del otro lado de la calle y cada día comían con los mismos compañeros. Fue ahí donde conocieron a Alberto, un chico de su misma edad, su voz era como una melodía, cada frase que decía era como un encantamiento. Las dos se enamoraron de él.

Alberto le cantaba a Mar canciones al oído cuando estaban haciendo algún juego entre todos, si tenían que salir corriendo a buscar alguna pista se perdían por el bosque de pinos para bailar canciones románticas.

A Luna la llevaba a pasear por el bosque y allí le prometía esa luna que se veía a través de los árboles, le decía los versos de algún poema que se sabía y la llevaba de la mano hasta la playa para bañarse juntos, hasta que un día tuvieron una gran discusión y dejaron de hablarse hasta el día que tenían que volver a sus casas.

En el autobús las sentaron juntas, al principio no se dirigían la palabra, pero como sabemos, el viaje era muy largo y, con tantas horas en el autobús, les dio tiempo a reconciliarse, a volver a ser amigas porque se dieron cuenta de que era un charlatán y lo único que quería era estar con ambas. A raíz de este suceso prometieron no volver a enfadarse la una con la otra por algo así, ya que su amistad valía más que cualquier chico.

El primer beso de Mar fue de camino a casa después de salir del colegio, Raúl la acompañaba cada día hasta el portal, cruzaban la carretera que les separaba de su barrio, iban pasando por los jardines delanteros de los hogares, los setos verdes daban forma a todas las entradas, el número uno, el tres, el cinco, el siete, y ya habían llegado. Ese día decidieron bajar por las escaleras que llevaban a la calle de abajo para ir a la plaza, y allí, en las escaleras, se le acercó y le dio un beso fugaz, como una estrella que se marcha tan rápido que no sabes si realmente la has visto o no.

El aroma de su aliento se quedó pegado a su cara, las manos empezaron a temblarle, el estómago le daba vueltas, los pies estaban comenzando a desprenderse del suelo cuando se dio cuenta de lo que había sucedido, esos ojos azules no se apartaban de ella, esos rizos rubios se movían al ritmo de los latidos del corazón, fue el beso más inocente que le dieron en su vida.

Para Luna, la cosa fue totalmente diferente. La primera vez que la besaron fue en su colegio, tenía un rincón especial, como todos los colegios, donde los niños van cuando no quieren que los molesten otros niños. Gema era morena, su flequillo le caía por la frente como una cascada, los ojos eran grandes y redondos con el color de la miel, su boca era pequeña, pero quedaba preciosa dentro de esa carita de ángel, pues Gema la llevó de la mano hacia ese sitio tranquilo del colegio y allí se besaron, apoyadas en la pared. Fue un beso deseado, saboreado y disfrutado como lo que era, el primero de muchos que vendrían después. Luna estaba como loca por repetirlo una y mil veces, aquello era lo mejor que le había pasado nunca y lo repitieron, vaya que sí, lo repitieron allí, escondidas del resto del colegio, para que nadie las viera y rompiera ese encantamiento.

Las besaron por primera vez y se sintieron en el paraíso. El amor, ese sentimiento tan noble, tan incontrolable, tan enajenador. Es cierto el dicho ese que recita «el amor es ciego». Te ciega y te hace percibir todo de un modo diferente, es más bonito, te sientes importante, hace que te hagas gigante y que puedas con todo, estás en la cima más alta del mundo y piensas que nadie te puede bajar.

Cada vez eran menos las veces que Mar iba a casa de Luna, y cada vez eran menos las veces que las amigas salían a pasear.

Mar tenía sus amigos, le gustaba una música que Luna aborrecía. Luna, por su parte, cada vez pasaba más tiempo con los amigos de su colegio que estaban en otro pueblo, ella iba a verlos, a salir por ahí con ellos a dar paseos o a comprar chuches.

LOS MALOS

Ellas no lo sabían, pero había unas personas malvadas que las observaban, eran unas personas con un interior negro, más negro que un pozo profundo. Las personas de interior negro saben confundirse con las personas normales, puede ser tu vecino, algún amigo de tus padres o, incluso, ¡¡¡alguien de tu propia familia!!!

Cuando eres pequeño, nadie habla de estas personas de interior negro, ya que son muy pocas las que hay, casi todos piensan que no puede haber ninguna próxima. A veces viven en tu casa y nadie se da cuenta, o es alguno de los mejores amigos de tus padres. Suelen ser personas que caen bien a la gente, son amables, divertidos y se ganan a la gente con facilidad usando sus artimañas para hacerse querer. Si se mostraran tal y como son en realidad, nadie querría estar cerca de ellos.

Realmente, estas personas de interior negro siempre han existido, pero por la confianza que tienen en ellos mismos y por el carisma con el que se dan a conocer, solo se descubre ante muy pocos, la situación se complica cuando es un familiar cercano. Bajo esa circunstancia, si lo descubre alguien de su alrededor, no sabe cómo actuar.

De todo esto os hablaré más adelante, que me estoy adelantando a los hechos.

MAR

Su infancia fue más o menos normal, en una casa con mucha gente, vivía toda la familia junta, siempre había alguien entrando y saliendo. Mar era la pequeña de todos, la pequeña de los hermanos, de los primos, en definitiva, la pequeña. Siempre estaba sola porque sus hermanos no querían tener a una *mañaca* [1] revoloteando a su alrededor, así que a menudo se juntaba con su amiga Luna para compartir el tiempo. Cuando la madre de Mar les decía a sus hermanos que se llevaran a Mar a dar un paseo, se la llevaban a regañadientes, claro, pero la mayoría de las veces la amenazaban con que si contaba algo de lo que sucedía con sus amigos lo iba a pagar caro (eran cosas de adolescentes, como que sus hermanos fumaban, bebían alguna cerveza, o hacían algo que sabían que sus padres no les permitían). Creció convencida de que los secretos que te dicen en casa hay que guardarlos si no quieres que te llamen chivata.

Lo de pagarlo caro era más bien que le harían la vida un poco insoportable, metiéndose con ella a menudo, o no dejándola que estuviera compartiendo espacios con ellos en casa. A Mar, sin embargo, le gustaba mucho estar con sus hermanos, ella se quedaba en un rincón y los observaba, miraba cómo hablaban con sus amigos, escuchaba las historias que se contaban e iba aprendiendo de la vida a través de sus

1 Nombre despectivo que se da a los niños.

ojos. Se pueden aprender muchas cosas solamente mirando lo que hacen otras personas, la forma de moverse cuando están con unos o con otros, la manera de hablar, o simplemente de estar.

Sus hermanos eran ruidosos con sus amigos, vestían a la moda de ese momento y llamaban bastante la atención con sus maneras de vestir, de hablar y de actuar. En realidad, era todo fachada porque, aunque parecían «peligrosos», eran un pedazo de pan. Esa era la única manera que tenían para que la gente les dejara en paz y para que nadie fuera a robarles o a meterse con ellos. Se hacían los duros, pero era solo una coraza para disimular que tampoco eran tan fuertes ni tan valientes.

MIEDO

Al empezar a asomar la adolescencia de Mar, su padre comenzó a querer jugar con ella. Al principio pensaba que era solo un juego, pero poco a poco sus juegos empezaron a hacerla sentir incómoda. Mar no quería quedarse junto a su padre a solas.

Ella siempre había pensado que su familia no podía hacerle nada malo, salvo chincharte y esconderte las cosas. Era su familia y eran personas buenas. La realidad comenzó a ser muy diferente porque no se había dado cuenta de que no era solo una persona. Su padre era una persona con el interior negro. De las peores que se podían cruzar en su vida. Ella lo quería porque era su padre, y era divertido, y jugaba mucho con ella, con sus amigas, con sus primos.

Era algo extraño porque él siempre era agradable con todo el mundo, estaba metido en la asociación de padres del colegio, daba clases de ajedrez como extraescolar, organizaba las mejores reuniones de padres, hacía teatro con ellos y todos le adoraban. ¡Vamos!, que era un buen hombre a los ojos de todos. Pero por el que, de vez en cuando, se cruzaba una tormenta y hacía cosas que no debía, aunque la gente solo veía al señor comprometido y colaborador, simpático y agradable.

Mar decidió que no podía quedarse en casa con él a solas. Cada vez que veía que se iba a quedar sola buscaba una excusa para salir de casa a jugar con su amiga Luna, o, si Luna no estaba, se las ideaba para bajar a la calle a saltar a la comba con los otros niños de su calle.

La calle fue para Mar esa gran aliada, ese lugar seguro al que acudir cuando tu propio hogar es peligroso. Ahí es donde muchas veces se refugian los niños, esos que no pueden estar en sus casas porque algo allí no está bien y se sienten más seguros fuera.

¿ESTÁ BIEN O ESTÁ MAL?

Las personas de interior negro como el padre de Mar hacen que todo a tu alrededor se vuelva gris oscuro o negro. Traía oscuridad cuando se quedaba a solas con él. Ella no era capaz de hacer nada, se quedaba paralizada, sin poder reaccionar, hacía todo lo que él le pedía porque pensaba que eso estaba bien, aunque ella no se sintiera así.

Siempre la pillaba desprevenida, cuando su madre salía para hacer algún recado, sus hermanos estaban fuera o ella estaba jugando, metida dentro de ese mundo de los juegos, no de los electrónicos, por aquella época no existían, sino los juegos de siempre, muñecas, camiones, construcciones y esas cosas. De pronto estaban los dos solos en casa, se le acercaba y le decía que le acompañara al cuarto de Mar.

Comenzaba diciéndole que se tumbara en la cama y que se relajara, que era un juego y que no pasaba nada, que no se lo contara a nadie, que era su secreto, que lo hacía porque la quería mucho.

A Mar comenzaban a subirle las pulsaciones, no era capaz de reaccionar, se sentía totalmente bloqueada, ¿por qué no se podía mover? Su cuerpo no le respondía y solo hacía caso de las instrucciones que mandaba su padre. Se tumbaba en la cama, con los pies colgando por el lado más estrecho, la cabeza echada hacia el otro extremo de la cama, los pies le colgaban ligeramente, estaba a punto de tocar el suelo cuando se sentaba, pero todavía no lo alcanzaba del todo. Entonces él le bajaba sus braguitas de dibujitos y le tocaba en su cajita secreta. Sus manos siempre estaban muy calientes y, con esos dedos enormes, comenzaba a rozar sus yemas por la vulva. Ella se moría de vergüenza. Algunas veces le decía a Mar que le tocara su miembro que estaba totalmente duro y enorme y se reía de ella porque se ponía colorada como un tomate. Abría su manita, extendía el dedo índice y le tocaba como quien toca un gusano asqueroso y piensa que ante el contacto se va a arrugar y a encoger, pero eso nunca sucedía.

Mar solo quería que se la tragara la tierra, odiaba hacer esas cosas, además no le gustaba nada que su padre le tocara allí, le hacía sentir sucia, pero a la vez le gustaba la sensación física que le producía, era una tormenta emocional: ¿estaba bien o estaba mal?

Mar no quería ni mirar a su padre, siempre estaba con los ojos cerrados para no saber qué hacía, solo escuchaba su respiración, cada vez más acelerada hasta que la dejaba de tocar. Era entonces cuando ella salía corriendo al cuarto de baño a lavarse y a llorar.

A llorar todo lo que no sabía decir con palabras; a llorar porque nadie en su casa se daba cuenta de nada; a llorar porque todo terminara ya y no tuviera que jugar más a esos juegos con su padre; a llorar pidiendo al cielo que le pasara algo a su padre y no volviera más a casa; a llorar por sentirse estúpida y no saber si eso era habitual o no.

Después de eso siempre la dejaba unas semanas tranquila, ella no sabía a dónde mirar cuando estaba con él y con el resto de la familia. ¿Cómo era posible que ninguno de sus hermanos ni de sus hermanas sospechara nada?

Sus calificaciones en la escuela bajaron considerablemente, de tener todo con sobresalientes a aprobar por los pelos todas las asignaturas, a los profesores no les parecía raro, su madre ni se molestaba en decirle nada y sus hermanos estaban todos demasiado ocupados para darse cuenta del cambio en una mocosa como ella, aunque la verdad es que en su casa todo era un poco caótico, sus hermanos adolescentes estaban siempre discutiendo, su madre no tenía ni un momento para pararse a pensar qué narices pasaba en su casa y su padre aprovechaba todo ese caos para hacer lo que quería.

CAOS

Mar estaba totalmente confundida, no sabía si eso era algo normal o no. Le daba vergüenza contarlo, ni siquiera a Luna fue capaz de decírselo, si lo hubiera hecho esta historia sería de otra manera, ya que Luna estaba pasando por una situación similar, con una persona no tan cercana como su padre, sino con un primo de la familia.

¡Qué diferente habría sido todo si hubiera hablado! Ella no sabía cómo contarlo, ¿cómo se cuenta algo así?, ¿todos los padres hacen eso porque quieren a sus hijas?, ¿y si parecía tonta por contar algo que todo el mundo sabe? Muchas preguntas se amontonaban en su cabeza, pero los años iban pasando y ella se iba dando cuenta de que eso no ocurría en todas las familias.

Cada año que pasaba ella se sentía más fuerte, con más valor para parar a su padre, era capaz de irradiar un poco de luz blanca a su alrededor.

¿Que cómo se irradia luz? Pues muy fácil, o muy difícil, porque para irradiar luz hay que esforzarse y ser muy valiente para mostrar esa luz delante de las personas de interior negro.

Primero comenzó diciéndole que ese juego no le gustaba y, poco a poco, fue siendo capaz de decir que NO. De iluminar su espacio para que él no se acercara tanto, buscaba alguna excusa para salir de la habitación donde estaba con su padre si se sentía en peligro. A veces era difícil, incluso alguna vez no lo conseguía. No era por ella, ni por nada que ella hiciera, era él el que se portaba mal y le hacía sentirse diminuta e indefensa. Se aprovechaba de que era su padre, las veces que la tocaba se iban distanciando en el tiempo, cada vez eran menos y eso era un respiro para Mar.

Una vez, al volver del instituto en el coche, él le puso la mano sobre el muslo y comenzó a subir hasta llegar a la entrepierna, ella agarró su mano y se la quitó de un tirón. Sabía que las cosas no podían seguir así. Él se quedó muy sorprendido.

—¿Es que no te gusta? —le preguntó su padre.

—¡¡Pues claro que no!! —contestó ella enfadada.

Eso no bastó para que su padre siguiera acosándola cuando podía. Ella era cada vez más hermosa. Su cuerpo se estaba convirtiendo en el cuerpo de una mujer preciosa.

Por un lado, le gustaba su cuerpo, que la miraran y la hiciesen sentir bella, pero, por otro, sentía que su cuerpo era una amenaza, era como estar dentro de una bomba de relojería: es hermosa por fuera, pero puede estallar en cualquier momento.

INSEGURIDAD

Mar no era capaz de contárselo a nadie, no sabía por dónde empezar. ¿Y si no le creían? ¿Y si pensaban que se lo inventaba para llamar la atención? ¿Cómo contar algo tan difícil de contar? Además, su padre era tan amable con todos que seguro que no le iban a creer.

Los años seguían pasando sin piedad, hasta que un día se dio cuenta de que tenía la suficiente fuerza y valentía para poder iluminar todo a su alrededor, que su luz era tan intensa que era capaz de hacer que todas las sombras negras desaparecieran. No del todo, porque él estaba cerca, pero ya no se atrevía a acercarse tanto porque había visto en Mar algo que le hacía estar en peligro, que hacía que pudiera ser descubierto, por lo que cada vez se acercaba menos a ella, lo cual supuso todo un alivio en la vida de Mar.

Con la adolescencia las vidas de Luna y Mar se separaron un poco, ya no iban tanto la una a casa de la otra, cada una tenía sus amistades y cada vez se veían menos.

Realmente no sé muy bien qué es lo que pasó para que su relación fuera cada vez más distante. Una de mis teorías es que cada una estaba metida dentro de su propio problema y cada cual lidiaba con él como buenamente podía. Por eso no tenían tiempo para estar con la otra.

Un día frío de invierno, los padres de Mar les dijeron a sus hijos que se iban a marchar a otra ciudad, en el otro extremo del país. La noticia no cayó muy bien en casa de Mar ya que todos tenían sus vidas allí, pero la decisión estaba tomada y no había lugar para discusiones.

TRASLADO

Unos meses después, Mar se marchó a vivir a otro lugar. Allí no les retenía nada y sus padres pensaron que un cambio vendría bien a toda la familia. Mar y Luna se recordaban muchas veces, ya que estas amistades que se van fraguando a fuego lento durante tanto tiempo, que terminan siendo una amistad indeleble. Nunca dejaron de estar en contacto, a través de cartas o de llamadas telefónicas.

El traslado resultó ser un alivio para Mar. Todo era nuevo, la casa, los compañeros de clase... La mitad de sus hermanos se quedaron por el camino, ya que eran bastante mayores y decidieron quedarse en su antigua ciudad. Pero, por otro lado, al haber menos gente en casa, su padre estaba más al acecho. Sus abuelos habían fallecido y tampoco vivían con ellos.

Mar no comprendía cómo su madre no se daba cuenta de nada. Cuando era pequeña no se hacía esas preguntas, pero, conforme fue creciendo, le venían a la mente con bastante frecuencia. Nunca supo cómo no había notado nada, cómo no se dio cuenta de que en esa casa ninguno era normal, ninguno de sus hermanos, ni ella, ni su padre, ni nadie.

Mar decidió que quería estudiar algo que allí no se pudiera, para de esa forma escapar de esa casa del horror. Comenzó a buscar opciones que le gustaran y que la llevaran fuera de su casa, sin posibilidad para volver allí porque no hubiera autobús diario. Hasta que dio con lo que buscaba.

ALIVIO

El poder estudiar fuera de casa supuso un cambio radical en Mar. Es verdad que salir de casa siendo tan joven asusta un poco, solo tenía dieciséis años, pero asustaba más quedarse allí. Sacó el valor para desenvolverse y terminó de cursar la enseñanza secundaria, además de ser algo que a ella realmente le gustaba y que la llevaba lejos de su padre.

Terminó en un instituto a sesenta kilómetros de su casa. Estaba compartiendo un piso con otras chicas, todas mayores que ella. Ya estaban en la universidad, incluso una de sus compañeras ya estaba trabajando, así que la tenían como a una hermana pequeña a la que cuidaban y le daban consejos.

Esas compañeras de piso fueron para Mar un salvavidas, a una de ellas fue a la que se atrevió a contárselo. Solo fue compañera de cuarto durante unos pocos meses, pero parecía que las dos se conocieran de toda la vida.

En ese piso, Mar aprendió muchas cosas, con ellas se hizo una persona responsable, trabajaba para sacarse un dinerillo dando clases a sus propios compañeros de aula o cuidando a personas. Experimentó la vida en todos los sentidos. Allí se dio cuenta de lo diferente que había sido su vida comparada con el resto de sus compañeras, cada vez que hablaban de sus casas no tenían nada que ver con la de Mar. Con ellas, y con su compañera de cuarto en particular, se sentía arropada, incluso más que con sus hermanos y hermanas, la comprendían sin saber nada de ella, ni de su infancia. Poco a poco fue tomando conciencia y confianza para hablar con Lucía, su compañera de habitación.

Todo sucedió una noche al acostarse. Normalmente hablaban un ratito del día a día. Esa noche estaban a oscuras, cada una en su cama, cuando de repente, no supo muy bien ni cómo ni por qué, empezó a brotar de su garganta todo aquello que tenía escondido bajo siete llaves y que no se había atrevido a pronunciar. Tal vez fue que no se podían mirar a la cara porque la habitación estaba inundada de la sombra de la noche, o quizá fue que su compañera sabía que algo le pasaba y la llevó a esa situación de desahogo, pero lo cierto es que lo vomitó todo, cada una de las veces que se había sentido mal, cada momento incómodo, cada huida a casa de Luna.

Cuando terminó de escupirlo, como un plato indigesto, se quedaron las dos en silencio. Mar temblaba de miedo, ahora no sabía si su compañera le volvería a hablar, o si se creía lo que le había contado, pero nada de eso sucedió. Lucía se levantó de la cama, encendió la luz y abrazó a su amiga. Mar comenzó a llorar y a llorar. Era un llanto que no había manera de parar; era el llanto contenido durante más de diez años; de la vergüenza por algo que no había hecho, pero que le avergonzaba como si sí lo hubiera realizado; de la liberación por haber tenido la fuerza suficiente para poder sacarlo todo, de contarlo y de dejar caer parte de la coraza que la estaba asfixiando.

Esa fue la primera vez que lo contó, luego vinieron dos o tres veces más, hasta ahora, que me lo contó a mí para que yo os lo pudiera contar.

A Mar le gustaba mucho escribir todo lo que le pasaba a diario en una libreta, y creo que fueron esos momentos de poder soltar todo, aunque fuera en tinta y borrones, lo que hizo que no terminara la cosa mal, en drogas, alcohol o intento de suicidio; que sacara el valor para todas las cosas importantes que hizo en esos años.

Después de llenar las libretas las quemaba, no quería que nadie las descubriera, allí se desahogaba y encontraba los finales más trágicos para su padre, luego se sentía mal por pensar y plasmar esas cosas, arrancaba las hojas y las tiraba, y ansiaba no haberle deseado eso.

La pobre estaba hecha un lío en todos los sentidos, bebió y se emborrachó muchas noches con sus compañeras, pero el alcohol no hacía que su pasado desapareciera y dejó de hacerlo. Después comenzó a fumar hierba para colocarse, pero eso tampoco hacía que se borrara todo de su memoria, el efecto tampoco duraba tanto. Muchas veces terminaba inconsciente por el alcohol y las drogas, por lo que también dejó de hacerlo. Hasta que decidió que era ella la que tenía el poder de elegir lo que quería hacer y lo que no, y tomó la decisión de no volver a casa bajo ningún concepto. Solamente iría los fines de semana, y no todos, buscaría trabajo para las vacaciones y así tendría la excusa para quedarse, aunque fuera a quedarse sola porque sus compañeras sí que se marchaban a sus casas.

Con dieciocho años ya estaba trabajando y estudiando. Desde entonces nunca dejó de hacerlo, ni una cosa ni la otra, porque siempre fue una persona curiosa y eso la llevó a aprender muchas cosas en todos los campos.

Nunca terminó sus estudios universitarios, las fiestas de los jueves por la noche, el trabajo, y el cambio a varias universidades distintas por el trabajo se lo impidieron. A ella nunca le quedó ninguna pena por no haberlo hecho, conoció a gente maravillosa en las universidades a las que fue y solo por eso valió la pena.

SEGUNDA PARTE

«El mundo nos rompe a todos...

después algunos son fuertes en lugares rotos».

Ernest Hemingway.

YO, TROZOS INCONEXOS

Te voy a contar mi historia, no esa que te gustaría averiguar, sino la que desearías no haber empezado a leer nunca.

Nací en una familia muy grande comparada con las familias de ahora que con dos hijos ya casi son familia numerosa.

Soy la pequeña de todos mis hermanos, primos y hasta la pequeña de mis amigos de verdad, no de esos que pasan unos años por tu vida y ya no vuelves a saber nada de ellos.

Mi casa era muy grande, la habitación donde yo dormía era de color azul eléctrico, tenía una decoración un poco sosa, la verdad, la única cosa que le daba un poco de atractivo era los pósteres que colgaban de las paredes de grupos musicales y de artistas guapísimos.

Creo que en algún momento de mi vida he dormido con cada una de mis hermanas, pero a la que más recuerdo es a mi hermana mayor, ella era como mi madre, y a mi hermana la mediana, la cuarta de seis.

Yo soy Mar. La historia de Mar es mi historia.

No quería contártelo, pero he pensado que debías saberlo. El porqué de los saltos en el tiempo es porque hay cosas que no puedo contar.

Una vez llegados a este punto, te voy a explicar unas cuantas cosas más, sobre mí y sobre lo que pasó.

¡¡Ah!! Luna es una gran amiga mía y, efectivamente, pasó por lo mismo que yo. Nunca hemos hablado realmente de lo que nos pasó, o sea, sí hemos hablado, pero sin darnos los detalles, no me atrevo a preguntárselo, no sé si quiero saberlo todo.

Existe una época de mi vida en la que no sé lo que sucedió, es una laguna mental tan grande que más bien parece un océano. Solo existen *flashes* que me vienen de mi época de preadolescente.

Una vez tuve un herpes genital y me rascaba tanto que tenía siempre mis genitales en carne viva, hasta que empezó el calor. Ese verano estaba en casa de mi tía, la hermana de mi padre, ella no sabía qué hacer para que dejara de rascarme. Mi padre no estaba en todo el verano, ¡gracias a Dios! Mi tía me curaba las heridas que me provocaba yo misma y no recuerdo cómo se curó, pero al final de ese verano ya estaba sana.

Yo pasaba en casa de mi tía los veranos, era la hija que le hubiera gustado tener. Solo tenía hijos varones. Estar en su casa era estar en el cielo, ella me cuidaba como una madre, como una que no tiene hijas y tiene mucho tiempo libre.

Recuerdo, una vez, que una de mis hermanas intentó suicidarse, mi madre y mi hermano agarrándola cada uno de un brazo haciendo que caminara por el pasillo de mi casa. Mi madre le decía a mi hermano que no se podía dormir, que tenían que mantenerla despierta. Se había tomado una caja de pastillas y estaban esperando a la ambulancia para llevarla al hospital o tal vez esperaran a mi padre, no lo sé.

Mi hermano se marchó a estudiar fuera y ya no volvió jamás, solo en las vacaciones. Después terminó la carrera y se fue definitivamente. Creo que no quería volver a esa casa de locos.

Mi hermana volvió a intentar suicidarse, solo recuerdo manchas de sangre en la cortina y en la moqueta de su habitación. Le quedaron unas cicatrices que ella nunca escondió, porque sobrevivió otra vez. Creo que era la tercera vez que lo intentaba.

A mi hermana mayor, mis padres la echaron de casa. No acataba sus normas y, probablemente, era lo que pretendía. Al cabo de unos años se reconcilió con ellos y volvió como si nada hubiera sucedido. No me acuerdo de eso, pero tengo una carta en la que ella se despide de mí y me dice que me quiere mucho y que volveremos a estar juntas.

Nadie se daba cuenta de lo que me pasaba a mí.

Con el tiempo vi que estos sucesos no estaban aislados, que la situación de mis hermanos no debía de ser mejor que la mía. Algo estaba pasándonos a todos. Nadie lo contaba.

A través de este libro quiero decirles a todas esas niñas que están pasando por algo así, que todo se arregla y que no tarden tanto como yo en hablar. Hay que decirlo, es un delito y tiene que salir, no es culpa tuya: NUNCA.

No sé cómo va a reaccionar mi madre cuando lea esto, pero quiero que sepa que yo perdoné a papá lo imperdonable. He perdonado, pero no olvido. Creo que era una persona enferma mental, porque no puedo pensar otra cosa.

Doy gracias a mi cerebro por dejar olvidados esos años de mi vida. No quiero saber toda la verdad.

Recuerdo los dedos de mi padre manchados de amarillo por la nicotina. Sus pasos por el pasillo de casa. Sigiloso como un ninja. Su voz tan grave. Su enorme pene. Sus manos calientes, siempre. Su aliento a tabaco.

Cuando le pregunté a mi hermana mayor que dónde estaba ella cuando mi padre venía a mi cuarto se quedó pálida como una hoja de papel. No daba crédito. Ella pensaba que mi padre se había curado. Pero eso nunca sucedió.

Cuando le dijeron a mi padre que tenía cáncer de próstata, me alegré y pensé que ojalá se le cayera la polla a trozos.

¿Eso es ser mala hija? Luego resultó que la próstata es una cosa que, aunque tiene que ver con el pene, no interfiere demasiado en él.

Mi padre tuvo sus sesiones de quimio, radio y todas esas mierdas que te meten cuando tienes cáncer y, finalmente, murió. Hablé con él sobre la muerte, cuando le quedaban pocos días de vida, pero nunca hablé con él sobre lo que me hizo y ya no puedo hacerlo. Casi lo prefiero así.

Me casé, he tenido a mis hijos, que son maravillosos, y tengo una vida normal: trabajo, comidas, reuniones, amigos, lo usual.

Sigo viendo a Luna cada vez que puedo, aunque nos separen quinientos kilómetros, con ella nuestro dolor es tan… no sé cómo expresarlo, es menos dolor. Las dos somos sobrevivientes, víctimas de un delito, pero no queremos compasión.

No quiero dar lástima a nadie, ni a mí misma.

CONTAR, DE UNA MANERA O DE OTRA

A Mar le gustaba contar historias, unas veces a través de imágenes y otras a través de palabras, porque no todo se expresa de la misma manera.

Expuso su obra en lugares importantes. Acudieron muchas personas para descubrir lo que se veía a través de sus ojos, a escuchar lo que decían sus palabras. No siempre gustaba a todos, pero ella se sentía a gusto contando y difundiendo las cosas que para ella eran importantes.

A Luna le gustaba componer canciones y cantarlas con esa voz de ángel que la caracterizaba. Comenzó componiendo para ella y cantando en un coro, de esos que son perseguidos para que dejen de hacerlo y no despertar en las personas esa conciencia que tienen dormida. Cantaba a las brujas, a los demonios y a los ángeles. A unos para alejarlos y a los otros para que la protegieran, aunque ella no pensaba que pudieran ayudarla mucho.

Las dos, sin saberlo, estaban haciendo lo mismo de diferente manera. Ellas eran personas sensibles, y esa sensibilidad la utilizaron para contar y transmitir lo que no se atrevían a decir en voz alta.

Se dieron cuenta de que lo importante es contarlo de una manera o de otra.

CUANDO LAS DOS HABLARON

Una vez, Luna fue a ver a Mar al lugar donde vivía con sus padres. Tendrían unos dieciocho años. En un bar, entre cervezas y chupitos de vodka, en ese estado de semiatontamiento que te deja la bebida, se contaron lo que les pasaba.

En esa época, las dos querían sacarlo fuera, necesitaban extraerlo de cualquier modo. Las dos hablaron de ese interior negro, nunca habían imaginado que la otra hubiera vivido una experiencia tan similar a la suya. Cada una buscó en su interior la forma de poder mostrar su luz para que todos la pudieran ver, sabían que no era culpa de ellas, ellas no habían hecho nada malo, aunque a veces lo sintieran así.

Luna le habló de cómo fue capaz de vencer a su interior negro, se enfrentó a él y les dijo a todos que él era una mala persona, una persona con el interior negro, un monstruo. Al principio dudaron de sus palabras, pero ella lo fue demostrando, contando diversas situaciones en las que su primo la había acosado. Lo desenmascaró delante de todos. Él se defendió, pero luego no pudo dar explicaciones coherentes y le terminaron por creer. Es increíble cómo hay que demostrar las cosas, antes más que ahora. Menos mal que los tiempos cambian y hoy día, cuando salen a la luz más situaciones similares, se apoya a la víctima y se persigue el delito.

Desde entonces buscaba personas con interior negro a las que poder descubrir para que no vayan engañando a niñas, se especializó en ello y no descansa en busca de estas. También ayuda a gente que no sabe cómo vencerlas, que han pasado o están pasando por esa situación, les aconseja y les guía para que sean capaces de sacar su luz interior.

EL MURO

Mar todavía no era capaz de pronunciar en voz alta su encuentro con ese interior negro. Aun siendo adulta seguía pensando que quizá no le creerían. Había perdonado a su padre, en su lecho de muerte él supo, sin que ella lo dijera en voz alta, que tenía el perdón de su hija. Mar le quería porque era su padre o sentía que debía quererle, pero sabía que la herida no se podía cerrar del todo si no lo expulsaba todo fuera, solo unas pocas personas conocían su historia con las personas con interior negro.

Luna y Mar se descubrieron como dos mujeres fuertes que sabían que nada podría vencerlas. Su luz era tan brillante que las personas se sentían a gusto a su lado.

A las dos les gustaba compartir esos retazos de recuerdos cuando la niña de cabello azabache jugaba con su amiga y se sentían seguras y a salvo, cuando sus risas inundaban el rincón de la casa donde les gustaba jugar, o el descampado donde solían montar en bicicleta.

Es curioso, las dos tienen una especie de laguna de la peor época de sus vidas, tal vez esa sea una forma del cerebro de proteger a las personas abusadas sexualmente, quizá sea su manera de pasar página y seguir adelante. Pero, ante ciertas situaciones, o cuando ven a determinados hombres con una mirada que ellas reconocen, los pelos de la nuca se les erizan y sus sistemas nerviosos se ponen en alerta para atacar si fuera necesario. Es ese instinto primario que no olvida y, aunque crean que ya nada les puede pasar porque son adultas e independientes, todavía, en lo más profundo, quedan los rescoldos sin apagar de esos momentos de sufrimiento. Por mucho tiempo que pase siempre estarán allí, en algún rincón de su interior.

LAZOS

Luna y Mar siguieron sus caminos por separado, como llevaban haciendo durante mucho tiempo. Siguen buscando personas con interior negro y alertando de los peligros de estos monstruos que se esconden en las personas más insospechadas. A veces están a tu lado y no eres capaz de verlos.

Siempre han sabido que había algo que las mantendría unidas, en cualquier mundo que se encuentren: es la admiración que se tienen la una a la otra y el amor fraternal que las ha hecho hermanas sin serlo. Aunque el tiempo las separó, luego las volvió a unir. Los caminos de sus vidas se han cruzado una y mil veces, y esos cruces han hecho que se mantengan unidas. En todos los sentidos, por su amistad, por su distanciamiento, por sus vidas paralelas, por los caminos y decisiones que han tomado a lo largo de estas y por las tragedias que han tenido que vivir ambas, esto se ha transformado en los lazos de la unión, las hermanó y ya nada podrá cambiarlo.

JULIA

Esto tenía que contarlo, no sabía muy bien cómo meterlo dentro de la historia, debe tener voz y ser oído, así que aquí os lo dejo.

Una tarde de viernes, Mar estaba sentada en la estación de autobuses esperando que llegara el suyo para llevarla de vuelta al infierno, su amiga Julia estaba con ella, ya que también se marchaba a casa a pasar el fin de semana y esperaba su autobús. Mar le confesó que no quería ir a su casa, que odiaba los días que tenía que regresar...

—Ojalá pudiera escaparme y no volver jamás con mis padres —dijo Mar con voz apagada.

En ese momento, Julia no entendía nada, ¿cómo alguien no va a querer volver a su casa después de tres semanas sin pasar por allí?, pensó. Fue al cabo de los años cuando las piezas encajaron, como un rompecabezas que cobra todo el sentido, esto os lo explico más adelante, para que podáis comprender el porqué de las cosas.

Y Mar, se quedó sin decir lo que realmente quería decir, no logró que de su boca saliera una sola palabra, no sabía cómo hacerlo, tal vez si Julia le hubiera preguntado algo, o si ella hubiera sido más valiente, lo habría vuelto a contar, pero no sucedió ni una cosa ni la otra.

Y unos quince años después, a Julia le sucedió lo siguiente: ya no veía apenas a Mar, se había casado y tenía una niña preciosa.

En aquella ocasión estaban en un parque celebrando el cumpleaños de la hija de una amiga. Alguien había contratado unos monitores para la fiesta, los niños estaban disfrutando de lo lindo, las madres veían pasar el tiempo tomando unos aperitivos y bebiendo unos refrescos. Julia de vez en cuando le echaba un ojo a su hija para ver si estaba bien, y vaya si lo estaba, se reía, corría y jugaba como los demás.

—¡Qué bien que lo están pasando! —dijo una de ellas.

Julia estaba mirando el horizonte, sin un punto fijo en el que enfocarse. De repente, algo llamó su atención y su vista se desvió hacia uno de los monitores. Era un chico joven, de unos veintiocho años, sonreía y disfrutaba con lo que hacía, tenía la manita de una niña sujeta con la suya y mientras cantaba, o eso parecía, ya que deslizaba sutilmente la mano contra su bragueta, hacia arriba y hacia abajo. Debajo del pantalón se intuía el miembro duro que se marcaba perfectamente a través del vaquero.

Le dio un vuelco el corazón, era su hija a la que sostenía la mano, un sudor frío comenzó a bajarle por la espalda. Se levantó de la mesa, ya no escuchaba nada ni sabía qué era lo que sucedía a su alrededor, llegó hasta la niña, le agarró de la otra mano y la atrajo hacia sí, miró al chico a la cara, pero él seguía sonriendo, como si no hubiese pasado nada, emprendió el camino de vuelta hasta la silla en la que estaba sentada, recogió sus cosas y se marchó con una excusa, no quería seguir allí después de aquello.

De repente, en su cabeza, todo comenzó a cobrar sentido. El velo que se había tejido en su cerebro para ocultarle lo que a ella le sucedió se cayó, como se cae una cortina mal sujeta, y dejó al aire aquello que no quería recordar.

Una vez, Julia había sido pequeña, en otro tiempo alguien había hecho con ella lo mismo que ese muchacho acababa de hacer con su hija, había hecho eso y mucho más. Hacía años, un vecino muy amable ayudaba en las tareas del campo a su familia y se hizo muy amigo de su hermano mayor, para poder pasar tiempo en su casa. Otro interior negro que pasaba desapercibido, él hacía y deshacía a su antojo, pero Julia no sabía que eso no era lo normal y no había nadie para sacarla de su error. Se dio cuenta de todo lo que le había pasado en ese parque, con ese muchacho que había tomado la inocente mano de su hija y la había frotado contra su pene a través del pantalón. Ese día algo hizo clic en su interior y ya nunca volvió a ser la misma.

CUÉNTALO

Si alguna vez alguien se acerca a ti y te hace sentir incómoda o incómodo, aunque sea alguien conocido, incluso alguien de tu familia, no dudes en contárselo a una persona en la que confíes. Muchas veces hablar a tiempo, aunque nos dé vergüenza, puede salvarnos de un estado del que luego es mucho más difícil salir. Es posible que no te crean, o duden de tus palabras, aunque no es lo habitual, pero no te des por vencido. En todos los centros (educativos, sanitarios...) existen orientadores que te pueden ayudar. Seguramente será doloroso hablar, pero es mejor hacerlo para poder parar la situación. Ellos te podrán orientar y podrán poner en conocimiento del organismo que tenga competencias todo lo que haga falta para poder protegerte.

Piensa que hay más gente como tú. No eres la única persona que está pasando por este problema.

Todas las personas tenemos derecho a tomar decisiones sobre nuestro cuerpo. Nadie debería obligarnos a hacer algo que no queramos, ni hacernos sentir mal por ello, incluso si esa persona es muy cercana a nosotros.

AGRADECIMIENTOS

Quería agradecer a todas las personas que me han contado su dura experiencia la oportunidad que me han dado para poder llevar este proyecto hasta el final, ha sido lo más difícil que he escrito hasta este momento y espero que esté a la altura de lo que aborda o de lo que he intentado plasmar.

Me decía una amiga que esto es como una plaga, conforme se va hablando de este tema van saliendo más historias que nunca debieron de haber sucedido.

Así que este relato va por todas las niñas y niños que han pasado por esto y que han tenido la valentía de contarlo, por aquellos que todavía no son capaces de decirlo en voz alta, y por todos aquellos que han conseguido superarlo pudiendo llevar una vida normal.

Quería dar las gracias a Alejandro, mi compañero de vida, por hacer que mis alas crezcan en cada paso que doy, y a toda mi familia, ya que han estado deseando leerlo y no les he dejado hasta el último momento.

A Eva, porque ella ha sido mi almohada y el hombro en el que apoyarme cuando pensaba que no podía escribirlo, y que esto se me quedaba muy grande, gracias por darme empujoncitos.

A Ana María y a Vero, por su sincera opinión y por darme recomendaciones que han sido de gran utilidad a la hora de hilar la historia.

A mi psicóloga, que me ha ayudado con sus consejos a la hora de tratar el tema de la mejor manera posible.

A mis amigas y amigos Juan Pedro, Paula, Consuelo, Alicia, Josi, Claudia, Nuria, Marisol, Pamela, Silvia, Ana, Nieves, Raquel, Araceli, Inés, Nadia, Rosana… la lista es interminable… A los que he dado la lata con el proyecto y han tenido la santa paciencia de dejarme que los engatusara para que fueran mis lectores cero.

Y gracias a ti, que has llegado hasta el final de estas páginas.

NUESTRO DERECHO

«Más de 370 millones de niñas y mujeres vivas en la actualidad —esto es, una de cada ocho— han sufrido violaciones o abusos sexuales antes de los dieciocho años, según nuevas estimaciones de UNICEF publicadas hoy.

Estas primeras estimaciones de la violencia sexual contra la infancia a escala mundial y regional se publican con anterioridad al Día Internacional de la Niña y dan una idea del alcance mundial de estas prácticas nocivas, especialmente entre las adolescentes, así como de sus implicaciones a lo largo de toda la vida.

Cuando en estos cálculos se incluyen, además, formas de violencia sexual sin contacto físico, como el abuso verbal o en línea, la cifra de niñas y mujeres afectadas en todo el mundo se eleva hasta los 650 millones —una de cada cinco—, un hecho que subraya la urgente necesidad de adoptar estrategias integrales de prevención y apoyo para hacer frente de forma eficaz a toda forma de violencia y abuso.

"La violencia sexual contra la infancia es una mancha en nuestra conciencia moral", ha afirmado la Directora Ejecutiva de UNICEF, Catherine Russell. "Esta violencia inflige traumas profundos y duraderos, a menudo causados por personas que los niños y las niñas conocen y en quienes confían, y en lugares donde deberían sentirse seguros".

Según muestran los datos, la violencia sexual contra la infancia está muy extendida y traspasa las fronteras geográficas, culturales y económicas. El mayor número de víctimas se registra en África Subsahariana, con 79 millones de niñas y mujeres afectadas (22%). Le siguen Asia Oriental y Sudoriental con 75 millones (8%), Asia Central y Meridional con 73 millones (9%), Europa y América del Norte con 68 millones (14%), América Latina y el Caribe con 45 millones (18%), Norte de África y Asia Occidental con 29 millones (15%) y Oceanía con 6 millones de víctimas (34%).

En los entornos frágiles —como aquellos con instituciones débiles, fuerzas de mantenimiento de la paz de las Naciones Unidas o un gran número de refugiados desplazados por crisis políticas o de seguridad—, las niñas corren un riesgo aun mayor, pues la incidencia de las violaciones y los abusos sexuales durante la infancia se sitúa ligeramente por encima de 1 de cada 4 casos.

"Los niños y las niñas de entornos frágiles son especialmente vulnerables a la violencia sexual", ha afirmado Russell. "Estamos asistiendo a horribles actos de violencia sexual en zonas de conflicto, donde la violación y la violencia de género se utilizan a menudo como armas de guerra".

Según los datos, la mayoría de los casos de violencia sexual en la infancia se producen durante la adolescencia, con un repunte significativo entre los 14 y los 17 años. Los estudios muestran además que los niños y niñas que sufren violencia sexual son más proclives a padecer abusos repetidos. En este sentido, la implementación de intervenciones específicas durante la adolescencia es crucial para romper este círculo y mitigar las consecuencias a largo plazo de esos traumas.

Las supervivientes suelen arrastrar el trauma del abuso sexual hasta la edad adulta y corren un mayor riesgo de contraer enfermedades de transmisión sexual o de caer en el abuso de sustancias, el aislamiento social o trastornos mentales como la ansiedad y la depresión, además de encontrar dificultades para forjar relaciones sanas. Los datos muestran también que las consecuencias se agravan aún más cuando los niños y las niñas retrasan el momento de revelar sus experiencias de abuso sexual, a veces durante largos periodos de tiempo, o simplemente mantienen el abuso en secreto.

Aunque las niñas y las mujeres son las más afectadas y sus experiencias están mejor documentadas, los datos muestran que los niños varones y los hombres también son víctimas de abusos. Se calcula que entre 240 y 310 millones de niños y hombres —aproximadamente 1 de cada 11— han sufrido violaciones o abusos sexuales durante la infancia. Esta estimación se eleva a entre 410 y 530 millones si se incluyen formas de abuso sin contacto físico.

La persistencia en la falta de datos, especialmente en lo que se refiere a la experiencia de los niños varones y a las formas de violencia sexual sin contacto físico, pone de manifiesto la necesidad de aumentar la inversión en la recopilación de datos para poder evaluar la dimensión exacta de la violencia sexual ejercida contra la infancia.

A medida que los dirigentes gubernamentales y la sociedad civil —incluidos activistas, supervivientes y jóvenes— se preparan para la inauguración de la Primera Conferencia Ministerial Mundial para Poner Fin a la Violencia contra Niños, Niñas y Adolescentes, que se celebrará en Colombia el mes próximo, la publicación de estos datos pone de relieve la urgente necesidad de intensificar la acción mundial para combatir la violencia sexual contra la infancia y construir un futuro más seguro para los niños y las niñas de todo el mundo. Con este fin, deberán tomarse medidas como las siguientes:

*Cuestionar y cambiar las normas sociales y culturales que permiten que se produzca la violencia sexual y disuaden a los niños y las niñas de pedir ayuda.

*Dotar a todos los niños y niñas de información precisa, accesible y adecuada a su edad, que los capacite para reconocer y denunciar la violencia sexual.

*Garantizar que todos los niños y niñas víctimas y supervivientes de la violencia sexual tengan acceso a servicios que promuevan la justicia y la sanación y reduzcan el riesgo de mayores daños.

*Reforzar las leyes y disposiciones legales destinadas a proteger a los niños y las niñas de todas las formas de violencia sexual (en particular, en las organizaciones que trabajan con la infancia) e invertir en las personas, los recursos y los sistemas necesarios para aplicarlas.

*Establecer mejores sistemas nacionales de datos para supervisar los avances y garantizar la rendición de cuentas mediante la implementación de normas internacionales como la Clasificación Internacional de la Violencia contra la Niñez[2]».

2 Comunicado de prensa Unicef. 10 de octubre de 2024. Para más información: https://www.unicef.org/es/comunicados-prensa/mas-370-millones-ninas-mujeres-mundo-sometidas-violaciones-abusos-sexuales-infancia

ENLACES Y NOTICIAS DE INTERÉS

www.savethechildren.es

www.unicef.org

www.rtve.es

www.elmundo.es

www.elmundo.es

www.abc.es

Y muchas más…

¿A DÓNDE TE PUEDES DIRIGIR SI ESTAS SUFRIENDO ESTOS ABUSOS?

Recursos y teléfonos para víctimas de abuso sexual infantil

Teléfonos administración

Policía Nacional, participación ciudadana: participa@policia.es

Puedes llamar al 091 para consultar el contacto de cada distrito.

ORGANIZACIONES DE APOYO POR COMUNIDAD AUTÓNOMA ANDALUCÍA

ADIMA: 954 63 63 58. Horario de 8:30 a 15:30hs.

Asesoramiento, orientación y/o derivación jurídica y psicológica a niños, niñas y familiares.

AMUVI: 954 531 261/ 691 699 761. Centrado en mujeres, pero se atiende a adultos para información.

REDIME: 603 783 924.

ARAGÓN Y CATALUÑA

Fundación Vicki Bernadet: 976 483 473. Asesoramiento jurídico y psicológico.

CAVIAS (Centro de Asistencia a Víctimas de Abusos Sexuales): 976200685.

Atención psicológica a adultos.

ASTURIAS

ASACI: 985 760 765 / 618 092 283. Asistencia psicológica si se ha evaluado al menor a nivel forense. No se ofrece asesoramiento jurídico. No existe asesoramiento jurídico.

GIJÓN

CAVASYM: 985 099 096. Atención a adultos.

CANTABRIA

CAVAS: 942219500. Asistencia, servicios psicológicos y judiciales. Puede acudir cualquiera.

CASTILLA LA MANCHA

AMFORMAD: 722744089

CASTILLA Y LEÓN:

ADAVAS: 987 230 062. Orientación y asesoramiento. Asistencia psicológica gratuita, asistencia jurídica y asesoramiento a distintos profesionales. León, Salamanca y Burgos.

ADAVASYMT: 983 350 023 de lunes a viernes de 9:00 a 15hs. Atención al 606792398 las 24h. Asistencia integral (psicológica, social y jurídica). Principalmente Valladolid, Segovia y Palencia.

COMUNIDAD DE MADRID

FAMUVI: Gabinete asistencia jurídica y psicológica: 91 013 31 61.

ASPASI: 610280854. Terapia individual y terapia con adultos.

COMUNIDAD VALENCIANA

CAVAS: 96 394 30 69. Asistencia legal y psicológica.

ACASI: 634 567 021 de 10:00 a 22:00hs. Atención al WhatsApp 634567050

Se atiende a adultos.

EUSKADI

GARAITZA: 946 793 835/622 218 016. Se atiende a adultos.

GALICIA

AMINO: 604033699 de lunes a viernes de 10:30 a 13:00hs. Atención directa de cualquier forma de violencia, orientación, intervención psicológica y asesoramiento legal.

ISLAS BALEARES

RANA: 971 724 795 (solo por las mañanas). Asesoramiento a familias para asesorar y derivar, no se realiza intervención. Asistencia a adultos ámbito balear.

ISLAS CANARIAS/ GRAN CANARIA

COF: 928 208 720 / 928 200 006. Asesoramiento jurídico e intervención. Puede llamar cualquiera.

LA RIOJA

APIR: 941 230 725

MURCIA

AMAIM: 968 201 187. Prevención y asesoramiento, derivación a ADIMA, AIDER o Comunidad más recomendable.

AIDER: 868 076 122. Proyecto para menores víctimas.

AVIDA (Asociación da asistencia a víctimas agresión o abuso): 968 221 900

Programa CAVAX AVIDA. Atención a adultos.

TELÉFONOS DE ATENCIÓN GENERAL A LA VIOLENCIA

Teléfono Fundación Anar Ayuda a Niños y Adolescentes en Riesgo: 900-202-010; 116111 (excepto para Andalucía, Cataluña, Galicia y País Vasco).

Teléfono Fundación Anar del Adulto y la Familia: 600505152 y 91720610.

Este libro se terminó de editar en Granada
en septiembre de 2025 por

Aliarediciones

www.aliarediciones.es

info@aliarediciones.es